FABLES

OFFERTES

TROYES. — TYPOGRAPHIE CARDON.

FABLES

OFFERTES

A L'ENFANCE.

PAR

Mlle Clara FILLEUL DE PÉTIGNY.

PARIS,

Chez l'Auteur, rue des Mathurins-Saint-Jacques, 10.

1850

FABLES

OFFERTES

BIBI DANS LA SEINE.

I.

Que j'aime à peindre dans mes vers
La vertu qui remplit de joie !
O mortels ! vos hideux travers,
Cachés sous la pourpre ou la soie,
N'en affligent pas moins les yeux.
Ah ! je m'égare...... assez !.... puis j'aime mieux
Vous raconter une touchante histoire
Que graverez tous dans votre mémoire,
Et que vous n'oublierez jamais.
Connaissez-vous Paris, ses monuments, ses quais,
Et les mille et mille merveilles,
Qui font aux campagnards tant ouvrir les oreilles ?
Oui, non ... n'importe !..... Un jour,
Un joli petit chien se noyait dans la Seine :
Quelqu'enfant avait-il joué ce vilain tour ?
Je le croirais sans peine ;
Quoiqu'il en soit, laissons ce pénible débat.

Entraîné par les flots, l'épagneul se débat,
Le malheureux ne peut lutter long-temps encore;
La foule émue accourt : sur chaque parapet
Elle se penche, et du roquet
Prévoyant le trépas, par des cris le déplore.
Le pauvre chien suivait, malgré lui le torrent,
Nageant en vain vers le lointain rivage:
Près de périr, il reprenait courage,
Puis, puis les flots, en furie accourant,
Le pourchassaient par leurs chocs redoutables.
Alors du naufragé les plaintes lamentables
Redoublant, on dirait qu'il appelle au secours
La foule qui grossit, grossit toujours.
Enfin le malheureux, atteint une saillie
Qui s'avance sous l'eau : Refuge insuffisant;
Par les flots, de rechef, la victime assaillie,
Roule, est emportée, au milieu d'un brisant.
Quelle scène touchante
Se passe en ce moment!
Suffoquée, expirante,
La pauvre bête, hélas! pousse un sourd hurlement!
A ce cri de détresse,
La foule gémissante, en un seul cri répond;
Puis, au troisième pont,
Eclate l'allégresse.
L'épagneul, au bas d'un pilier,
Abordait certain promontoire,
Où de quelque prompt batelier,
Il attendit en vain le secours illusoire.
Là, le chien tant chéri, peut-être tant gâté,
Tremblait, tremblait bien fort; jà sa tête charmante,
S'abattait ; son regard, sur la foule béante,
Pour la dernière fois, semblait s'être arrêté.
Tout-à-coup une voix crie, « Allons! à la nage!
Qui veut gagner vingt francs?

— Moi, monsieur..... je pourrai soulager mes parents;
Nous sommes sans ouvrage. »
Celui qui répondait à cet appel subit
Pouvait avoir quinze ans. En moins d'une seconde,
Il descend l'escalier, jette bas son habit,
Et se plonge dans l'onde.
Ce fut un spectacle nouveau
Pour la foule, où sans doute, on comptait maint
[badeau.
L'épagneul, à l'aspect du nageur intrépide,
Secouant son long poil humide,
Paraît se ranimer;
Il allonge la tête et voudrait déclamer
Peut-être en son touchant langage,
Quelque remercîment
Que je ne sais comment
Traduire à votre usage.
De l'enfant courageux, comprenant les efforts,
L'épagneul, afin de les rendre moins pénibles,
Avance tout son petit corps,
Jappe et semble oublier tant d'angoisses horribles.
Enfin son sauveur,
Habile nageur,
Le saisit d'une main, de l'autre vers la riv
Se dirige aussitôt: De la foule attentive
Éclatent la surprise et mille cris joyeux:
Le jeune homme et le chien au port touchaient tous
[deux.

II.

Le monsieur aux vingt francs, portait sur la poitrine
Le signe glorieux d'une valeur mesquine
Aujourd'hui: Sous Napoléon,
Pour l'obtenir, Mars exigeait que l'âme,

Que l'âme s'envolant, au travers de la flamme,
Traçât un cercle d'or autour du Panthéon.
Plus d'éclat, plus d'honneur!..... Triomphateurs de
Jadis le Capitole immortalisait l'homme. [Rome

. . . .

L'officier de l'empire au pauvre adolescent
Dit : « La récompense promise
Ne suffit pas ; nul plus que moi ne prise
De la vertu le courage incessant ;
Je veux connaître ta famille.
Alors qu'un vieux soldat offre quelque secours,
Pour lui, pas d'autre but que de se rendre utile ;
Je cherche noblement à couronner mes jours.
Enfant, suis-moi. » Le chien réparant sa toilette,
Et tout tremblant de froid, laissait lire en ses yeux
Sa reconnaissance discrète,
Et que son nouveau maître, il suivrait en tous lieux.
La pauvre bête caressée,
Puis très-commodément placée
Entre les bras du jeune et courageux garçon,
Put à peine sortir de l'enceinte bruyante,
Où chacun, tour-à-tour, après si vive attente,
Cherchait à l'embrasser avec effusion.
Enfin la foule diminue ;
Le pauvre épagneul, l'officier
Et le complaisant ouvrier
Débarrassés de la cohue,
Ayant atteint les boulevards,
Non sans être l'objet de curieux regards
Franchissent tout-à-coup une porte cochère.
En voyant le trio, le portier, la portière
Répètent à l'envi : « Monsieur le général
Que vous apporte-t-on?..... Ah! le bel animal!
Ah! que son poil est long! que sa tête est soyeuse!

Que mamselle Thaïs va donc être joyeuse !
Mais le pauvre petit est-il tombé dans l'eau?
Il est mouillé, mouillé des pattes au museau. »
Le général sourit et raconte l'histoire
Qui, bien avant la nuit, devint drame ou mémoire.
Mais laissons portière et portier
Et montons un large escalier
Qui surprend et charme la vue.
Joyeux, le guerrier sonne..... Oh ! quelle bien venue !
Thaïs est dans ses bras,
Et d'abord ne voit pas
L'épagneul tout tremblant, sous ses longs poils de soie;
Bientôt jetant un cri de surprise et de joie
Thaïs veut l'embrasser..... Bibi lèche ses mains,
Bibi qui palpite, frétille,
Et semble deviner que de la jeune fille,
Dépendent ses destins.
Le général s'écrie :
« O ma fille chérie !
Aime Bibi..... dans un doux abandon,
Toi-même viens de lui donner ce nom !
Bien tristement Bibi, sans l'étonnant courage
De ce brave ouvrier, eut terminé ses jours ;
Que son bonheur soit ton ouvrage,
Que le pauvre Bibi soit long-temps tes amours.
Au long récit du drame horrible
Que nous connaissons tous,
Thaïs, bonne et sensible,
Sent fléchir ses genoux.
Ses yeux, mouillés de pleurs, sa voix toute tremblante,
Peignent sa tendre émotion ;
L'intrépide ouvrier, la bête intéressante,
Tour-à-tour sont l'objet de sa compassion ;
Puis, le libérateur et la pauvre victime,

Placés devant un feu flambant,
Prouvent la vérité d'une vieille maxime
« Heureux qui peut sauver un être succombant ! »
D'une bonne action, jamais la récompense
Ne peut manquer au noble cœur :
N'est-ce pas notre rédempteur
Qui tient l'éternelle balance,
Espoir des opprimés, des méchants la terreur ?
Le cher Bibi choyé, Bibi qu'on idolâtre
Ne saurait dans Thaïs trouver une marâtre.
Mais Ernest l'ouvrier,
Pouvons-nous l'oublier ?
Ernest Godard sur son humble famille
Attirant pour jamais la bénédiction,
Avait autour du front l'auréole qui brille
Et sait grandir un homme et sa condition.
Le général, dont l'âme généreuse
Avait compris l'énergie et l'honneur,
D'un enfant à la main calleuse,
Vit de ses yeux l'angoisse du malheur ;
Des bras faute d'ouvrage,
Amaigris et presque sans mouvement :
Il savait par cœur une page
Du nouveau testament ;
Et le père
Et la mère
Et le fils,
Noblement secourus, eurent des jours bénis.
Du ciel l'arrêt tout empreint de justice,
Doit consoler bien de pauvres humains ;
Qu'ils laissent donc au ciel le fil de leurs destins ;
Le ciel, aux gens de bien, tôt ou tard est propice.
De son côté, Bibi pourra le confirmer,
Je pense,
Bibi, qu'on ne peut trop aimer,

Bibi, qui connut la souffrance;
Et qu'employa plus tard la Providence.
Thaïs, de jour en jour,
Avait pour lui plus de tendresse;
Bibi, pour sa maîtresse,
Semblait ne vivre que d'amour
Pour un bal, pour quelque visite,
Si Thaïs s'absentait,
Bibi se lamentait:
Mais au retour quelle ivresse subite!
Quel accueil! quels transports bruyants!
Et surtout quels reproches éloquents!
Bibi faisant le beau, des yeux, semblait lui dire:
« Thaïs, quand je suis seul, je souffre mille maux. »
Puis, s'élançant à bonds nouveaux,
Bibi, par d'autres cris, témoignait son délire.
Thaïs prenant entre ses bras
Bibi tout hors d'haleine,
Jurait, jurait tout bas
De ne plus lui faire de peine.

III.

Pourquoi faut-il, hélas!
Que la sombre tristesse,
Comme un lugubre glas,
Chasse les ris, les jours d'ivresse!
Depuis bientôt deux mois
Thaïs était malade;
Bibi si vif, si folâtre autrefois
Avait cessé dès-lors toute gambade.
Le mal faisant de rapides progrès
Chacun versait des larmes abondantes
Jamais, jamais,
Plaintes ne furent plus poignantes.

Ah! comment peindre la douleur
De la plus tendre mère,
Et lire au fond du cœur
D'un trop sensible père!
Mais de Bibi, surtout le désespoir
Fut tel que nul ne pourrait le comprendre:
Bibi, du matin jusqu'au soir
Abattu, ne voulait rien prendre.
Couché sur un large fauteuil,
Auprès de sa jeune maîtresse,
Ses yeux remplis de deuil
La contemplaient sans cesse.
Parfois, quand sur l'ordre du médecin,
Thaïs prenait un peu de nourriture,
Alors Bibi, qu'un rien, qu'un mot rassure,
Recevait de sa main
Naguère caressante,
Quelques morceaux plus ou moins délicats,
Que certes il ne flairait pas,
Mais mangeait lentement aux yeux de la mourante.
Pourtant Bibi, si parfait, si mignon,
Etait un peu glouton.
Ce défaut ternissait le plus beau caractère.
Depuis que sa Thaïs, la nuit, le jour gémit,
Bibi ne songeait plus à faire bonne chère,
Bibi n'avait plus d'appétit.
D'une douleur profonde,
Jamais signe ne fut plus grand et plus certain.
Dès que Thaïs levait sa tête blonde,
Bibi se redressait soudain,
Et joyeux semblait dire,
En la voyant sourire:
« Je suis là; je veux être gardien
De ma Thaïs chérie;
Qu'elle ne craigne rien,

Je sais braver la faim et l'insomnie. »
Cependant le mal augmentant,
Chacun les yeux baignés de larmes,
Sentit redoubler ses alarmes;
Envain l'homme de l'art cherchait quelque calmant;
Hélas! hélas! comment le dire?
Après une cruelle nuit,
Survient l'affreux délire
Et le lourd sommeil qu'il produit.
Thaïs semblait par le mal engourdie,
Etre près d'épuiser la coupe de la vie.
Ah! quel spectacle désolant!
Comme la fleur nouvelle
Qu'emporte un souffle violent,
Avant d'avoir vécu, Thaïs, heureuse et belle,
Allait descendre, hélas! dans la nuit du tombeau!
Un prêtre vénérable
A la famille inconsolable
Montrait le ciel ouvert à l'ange du berceau.....
A l'approche de l'agonie,
On éloigne les bons parents;
Même le médecin à la garde confie
Que la malade touche à ses derniers moments.
Le docteur à ces mots sort; la bonne éplorée
Plonge sa tête en un mouchoir.

. . . .

Bibi voulant rendre un dernier devoir
Sans doute à la vierge adorée,
Doucement saute sur son lit
Et la lèche en silence...............
O surprise! Thaïs tout-à-coup tressaillit
Et parut ressaisir par degrés l'existence.
Bibi, léchant, léchant et doublant ses efforts,
De Thaïs ranima le pauvre petit corps;
Puis, le pauvre Bibi que l'amour seul inspire

Voyant la malade lui rire
Sautilla tellement
Que la bonne troublée en son accablement
Leva ses yeux en pleurs..... O ravissant spectacle !
Ou plutôt quel miracle !
Thaïs faisant alors un léger mouvement
Sur le dos de Bibi posait sa main brûlante,
Et d'une voix tendre, mais languissante,
Lui disait : Pauvre ami,
Que j'ai long-temps dormi !
Je me sens mieux..... ma bonne,
Quelle heure sonne?
Il est bien tard, je crois..... Je voudrais t'embrasser ;
Vois donc comme Bibi cherche à me caresser.........
Et la pauvre Jeannette,
Agitant la sonnette,
Se précipite sur l'enfant,
Qu'au médecin, qu'à toute la famille
Accourus aussitôt, la bonne vieille fille
Montrait, montrait d'un air tout triomphant.
Quels élans de reconnaissance
S'élevèrent jusques aux cieux !
Le médecin lui-même radieux.
Du ciel reconnaissait la divine assistance.
« Une inflammation
Intérieure,
Dit-il, minait Thaïs : Elle eût en moins d'une heure,
Sans une prompte éruption,
Cessé de vivre :
Bibi l'a provoquée : Après le Tout-Puissant ;
(Car seul il nous délivre),
De Thaïs le sauveur, et de Dieu l'instrument,
OUI, C'EST BIBI, BIBI RECONNAISSANT ! »
Depuis cette journée
Si fortunée,

Combien Bibi fut caressé,
Et doublement récompensé!
Enfants, mes chers enfants, cette histoire touchante
Prouve que le Sauveur sait toujours grandement
Bénir la charité constante
Et tout généreux dévoûment.

A LA VIERGE MARIE.

A toi seule, ô Marie!
Je veux donner mon cœur;
Ton amour est la vie
Qui remplit de bonheur.
Défends-moi du délire
Qui perd tant de mortels;
Accorde que j'expire
Aux pieds de tes autels.

Que mon âme enivrée
S'élève jusqu'aux cieux.
Et s'arrête épurée,
Au parvis glorieux!
Que les Saints et les Anges
L'accueillent à jamais,
Pour chanter les louanges
Qu'inspirent tes bienfaits!

Gloire à l'astre du monde,
A l'étoile des mers!
A toi, Vierge féconde
Qui sauvas l'Univers.
Au penchant de l'abîme
Si j'invoque ton nom,
Que ton regard sublime
Éloigne le Démon!

L'HOTELLERIE.

Tout passe, tout périt, tout échappe ici-bas;
La Foi, la Charité, seules ne meurent pas.
Un seigneur possédait un château magnifique
Qu'il ornait à grands frais. En tout temps le portique
Immense, imposant, fastueux,
Restait fermé devant les malheureux.
Un soir un pèlerin, tout harassé, boîteux,
Frappe et demande un peu de pain, un pauvre gîte;
Il parlait au nom du Sauveur,
De l'obole qui tant profite,
Quand l'orgueilleux et dur seigneur
Lance ces mots remplis d'amère raillerie:
« Prends-tu donc mon château pour une hôtellerie?
— Je vais continuer mon pénible chemin,
Reprend modestement le pieux pèlerin;
Pourtant trois questions je désire vous faire:
Avant vous qui tenait cette habitation?
— Curieux pélerin, c'était mon noble père.
— Mais avant lui! — L'aïeul que mon âme révère.
— Après vous qui viendra prendre possession
De ces vastes jardins, de ce pompeux domaine?
— Mon fils aîné, si Dieu daigne bénir ses jours.
— Alors, puissant seigneur, vous comprenez sans peine
Que ce riche château, ce donjon et ces tours,
Passant de main en main, sont une hôtellerie,
Et qu'en fermer l'entrée aux fronts décolorés,
C'est méconnaître, hélas! les préceptes sacrés,
Et perdre, à tout jamais, la céleste patrie! »
Le seigneur éclairé soudain,
Au voyageur tendit la main,

Et voulut près de lui, le faire asseoir à table.
De plus il se montra, depuis, très-charitable.

LE LION DE FLORENCE.

L'animal ne raisonne pas,
Disent les uns ; d'autres, non sans débats,
Démontrent qu'il raisonne
Mieux que telle ou telle personne.
Un fait doit résoudre aisément
Ce problème et voici comment
On peut donner, d'après l'histoire,
Une preuve notoire,
Que le lion surtout raisonne, est généreux.
Dans Florence, autrefois, une voix formidable
Répandit la terreur : Un hôte redoutable
Librement parcourait les quartiers populeux
De la riche cité. Chacun, plein d'épouvante,
Fuyait. De sa prison la bête rugissante
Avait franchi l'enclos, blessé ses gardiens :
L'ancien roi des forêts, hérissant sa crinière
Semblait fier et surpris de bondir sans liens.
Dans ce tumulte affreux, éperdue une mère
Tenait son enfant dans ses bras ;
Le lion va l'atteindre..... Hélas !
Son fardeau, son trésor tombe..... oh ! comment dé-
Ce moment d'agonie et de poignant délire ? [crire
Le lion dévorant
Saisit la faible proie ;
Mais au cri déchirant
De la mère à genoux, il l'abandonne..... O joie !
L'enfant, sans aucun mal, sur le sein maternel

Aussitôt se rassure :
Un animal cruel
Avait compris la voix, l'accent de la nature.
Je le dis, non sans vifs regrets,
Les hommes prêchent la morale ;
Mais, en grandeur aucun n'égale
Le généreux roi des forêts.

LE BERGER ET LE PHILOSOPHE.

Le Perche a de riants côteaux,
De gais vallons, où les oiseaux,
En chœur, célèbrent la nature
Qui pourvoit à leur nourriture.
Quel délicieux souvenir
Me suit sur la rive étrangère !
Qu'il m'est doux de m'entretenir
Des lieux qu'une muse légère,
En vers naïfs, chanta jadis.
Remi Belleau, sur les rives de l'Huîne
Fit retentir nos bosquets reverdis
De ces accords qu'au Chili je devine.
Ah ! franchissant l'immensité des mers
Que n'ai-je un vol égal à la pensée !
Je m'écrierais, en oubliant ces vers :
« Dieu soit loué ! j'ai fait la traversée ! »
Sous un lointain climat j'ai rêvé le bonheur,
Et peut-être à tort la fortune ;
Je regrette le Perche et la douce fraîcheur
Qui charme le matin, qui plaît tant sur la brune.
Envain d'Arcisses, de Margon,
Au bout de l'Univers je soupire le nom.

Echos de Cendrons, de Croisille,
Hélas ! ma plainte est inutile !
Mais, pour me consoler,
J'aime à me rappeler
Quelque touchante histoire,
De mon pays natal et l'orgueil et la gloire.
Un vieux berger était l'oracle du canton :
Certain grand discoureur, un jour lui rend visite,
Et sans doute frappé de son rare mérite,
Lui dit : « As-tu puisé dans le divin Platon,
Dans Zénon, Tullius, Socrate ou Pythagore
L'admirable savoir qui parmi nous t'honore ?
Ou bien, nouvel Ulysse, en parcourant les mers,
As-tu pu l'acquérir chez cent peuples divers ?
— J'ignore tous ces noms, et n'ai, je vous assure,
D'autre guide que la nature.
Je ne suis qu'un simple berger :
Pour moi, pays lointains ne valent mon verger.
L'exemple de l'active abeille
M'a rendu plus laborieux ;
L'économe fourmi, dès long-temps me conseille
D'amasser tout l'été pour les jours pluvieux :
La colombe m'enseigne une longue constance ;
Mon chien avec la vigilance
La touchante reconnaissance,
Et la poule empressée autour de ses petits
De l'amour paternel les transports infinis.
Le hibou d'un rêveur a toute l'apparence ;
Mais on rit de sa gravité ;
La pie à tout moment jacasse..... même en France,
Son caquetage est détesté.
La vipère me peint l'envie
Et l'infernale calomnie ;
Dans le loup dévorant,
Ou dans le vautour déchirant

D'innocentes victimes,
Je vois les oppresseurs des malheureux humains,
Multipliant les crimes,
Et bénissant les cieux de leurs sanglantes mains.
Qu'ai-je besoin d'une vaine éloquence,
Lorsque je sais, d'après mon livre immense,
Que pratiquer la sainte Charité,
C'est obéir à la Divinité?
— Ah! je comprends ta renommée
Reprend le docteur confondu;
Oui, tout mon savoir prétendu,
Au prix du tien n'est que fumée. »

Epigramme.

Chut bonnes gens! chut donc! Ecoutez votre fils:
Il peut seul pérorer: bouffi de sa science,
Seul, il a certain droit pour imposer silence,
Et gloser le discours par son père entrepris.

RONDE.

Un chœur parcourt les bosquets,
Et les brillantes prairies;
Ciel! par quels accords parfaits,
Nos âmes sont attendries!
Dans les campagnes fleuries
S'avance le doux Printemps;
Grâces, Nymphes réunies,
Tout ça danse (3 f.), en même temps.

Tous vos vœux sont acomplis,
Fillettes de la colline;
Les noirs frimas sont bannis
Loin des bords charmants de l'Huîne :
La présence de Chlorine
A dissipé les autans;
Le voisin et la voisine,
Tout ça danse (3 f.) en même temps.

Flore, par toi s'embellit,
Se décore la nature,
Et la nappe rejaillit
Sur un beau lit de verdure :
Des bois la sombre parure,
Rassemble les cœurs constans;
Le soir, près d'une onde pure,
Tout ça danse (3 f.) en même temps.

On voit bondir les agneaux
Près de leurs paisibles mères,
Et sur les rocs les plus hauts
S'égarent chèvres légères.
Les bergers et les bergères,
Même les chiens haletans,
Pan, les Faunes téméraires,
Tout ça danse (3 f.) en même temps.

On entend mille concerts
Dans les verdoyants bocages,
Et quelques rustiques airs
Frappent l'écho des rivages :
Zéphir cherche les ombrages,
Où l'on rit loin des traitans;
Grâce à Bacchus, fous et sages,
Tout ça danse (3 f.) en même temps.

Mais en vain, au fond des bois,
Lucas rêve, puis soupire :

Les échos prêtent leurs voix
Et ne touchent point Elmire.
Hélas ! le moindre sourire
Charmerait tristes instans,
Si sa bouche osait redire :
Tout ça danse (3 f.) en même temps.

Apollon du haut des cieux,
Semble te sourire, ô Flore !
Et le Printemps radieux
Est salué par l'Aurore.
Puisse mon luth peu sonore
Faire chanter dans cent ans :
« Sur la fleur qui vient d'éclore,
Tout ça danse (3 f.) en même temps. »

COMPLIMENTS.

A un Ecclésiastique.

Comment, digne pasteur,
Célébrer votre fête ?
De vers, de quelque fleur,
Je fais envain la quête,
Le doux printemps a fui ;
Plus de riche culture !
Le sombre deuil, l'ennui
Règnent sur la nature.
Pour chanter vos vertus
Faudrait un luth sonore :

De modestes tributs
Peuvent charmer encore.
Je vous offre mon cœur
Plein de reconnaissance,
Et pour votre bonheur
Les vœux de l'innocence.
De ce cœur tout à vous
Excusez le langage;
Je devrais à genoux
Vous rendre un digne hommage.

Un Enfant à ses Parents.

Dans cette rapide journée
Que de bouches cherchent des vœux!
Malgré l'haleine de Borée,
Chacun ose vanter ses feux.
Moi, je soupire pour un père,
Qui dès long-temps fait mon bonheur,
Et pour une sensible mère
Qui règne sur mon tendre cœur.

Un jeune Enfant à son Père.

AIR : *Du Petit Troupier.*

Je suis d'humeur fort bonne,
Mon œil est pétillant:
J'apporte un cœur brûlant
Au lieu d'une couronne.
Cher papa reçois ce baiser;
Puis-je jamais trop me presser?
En ce beau jour, va je te donne
Tout ce dont je puis disposer.

A une Tante.

Des baisers, ô ma bonne tante,
Je veux vous prodiguer en ce jour !
Combien vive était mon attente ;
Ah ! de janvier que j'ai trouvé long le retour !
Que Dieu, tante chérie, exauce ma prière ;
Qu'il te comble de tous ses dons !
Et long-temps puisses-tu demeurer sur la terre,
Et vivre, parmi nous, sans tribulations?

A une Bienfaitrice.

Pour prouver ma reconnaissance.
Enfant que puis-je faire, hélas !
Objet de votre bienfaisance
Que Dieu ne me refuse pas !
Ah ! qu'il exauce ma prière
De chaque jour !
Pour payer ma seconde mère,
Je n'ai que mes vœux, mon amour.

Un jeune Enfant à sa Mère.

Pour vous remercier des soins de mon enfance,
Que ne puis-je mieux m'exprimer !
Mon cœur plein de reconnaissance,
Me dit que plus que moi nul ne peut vous aimer.

Une Fille à sa Mère.

EN LUI OFFRANT UN OUVRAGE DE TAPISSERIE.

Chaque nouvelle année
Voit redoubler le zèle et s'éteindre les vœux ;
Avant la fin de la journée
Les grands mots oubliés ne troublent plus les cieux.
La politesse
Point ne ressemble à la tendresse.
En ce jour que le cœur parle au lieu de l'esprit.
Mais vous vous souviendrez, je gage,
De la main qui fit cet ouvrage,
Et de l'enfant qui vous l'offrit.

A une bonne Maman.

Posséder une tendre mère,
L'aimer, la chérir chaque jour,
Mettre son bonheur à lui plaire,
Ceci n'est point faire sa cour.
A celle qui tout sacrifie
Sont dus les vœux du jour de l'an ;
En m'embrassant, je t'en supplie,
Reçois les miens, bonne maman.

A un jeune Ecclésiastique,

LE JOUR DE LA SAINT LOUIS.

Jésus disait avec transport :
« Laissez venir à moi l'enfance ! »

Le ciel aime son pur accord
Et sa voix pleine d'innocence.
Venez vous mêler à nos chants,
C'est le Sauveur qui vous appelle;
Son œil qui trouble les méchants,
De bonté pour vous étincelle.
Ah! je crois, au plus haut des cieux,
Apercevoir une lumière;
C'est un ange tout radieux
Qui se dirige vers la terre.
Mais non..... c'est un saint.... c'est Louis
Qui, franchissant l'espace immense,
Offre à tous les yeux éblouis,
Un roi dont s'honore la France.
Il entend nos vœux, nos soupirs;
Il sourit à notre allégresse;
C'est pour contenter nos désirs
Qu'il gagne les vents de vitesse.
Des humbles mortels et des rois,
En vénérant le saint modèle,
Remercions tous à la fois
Un jeune pasteur plein de zèle.
Oui, c'est son exemple éclatant
Qui nous guide dans les ténèbres;
Comme Louis du mécréant
Il poursuit les erreurs funèbres.
Sa main adoucit le malheur,
Sa voix dissipe l'ignorance;
De Louis s'il montre l'ardeur,
Disons avec reconnaissance:
« Ton patron, au nom de Jésus,
« Marcha contre les infidèles,
« Et toi, par des soins assidus,
« Ouvres les portes éternelles. »

Plusieurs Enfants à leur Mère.

L'aurore à peine brille,
Et nous venons, maman,
Célébrer en famille
Le premier jour de l'an.
De notre faible enfance
Tu prends soin chaque jour;
Pour payer tant d'amour,
Notre reconnaissance
Ne peut suffire, hélas!
Mais, ô mère adorée!
Ne la refuse pas:
Notre dette est sacrée.

A une Sœur.

O sœur! ô ma seconde mère!
Toi qui m'as prodigué tant de soins, tant d'amour!
Que je voudrais, dans ce beau jour,
En te fêtant montrer que ma joie est sincère!
Tu te penchais sur mon berceau
Comme l'ange de l'espérance,
Endormant par tes chants les pleurs et la souffrance
De l'enfant qu'une mère attendait au tombeau.
En me rappelant à la vie
Tu me l'as donnée à ton tour;
Sœur, ô sœur à jamais chérie
Puissent mes vœux t'ouvrir le céleste séjour!

A un Ecclésiastique.

O vous, dont la bonté,
De Dieu nous présente l'image;
Vous qui savez si bien prêcher sa volonté,
Recevez, en ce jour notre pieux hommage.
Nos vœux, nos cœurs sont purs : D'un regard bien-
Accueillez notre enfance! [veillant.
Que notre amour brûlant
Attire sur vos jours la divine influence!
Que l'esprit saint vous comble de ses dons!
Enfin, pour mieux célébrer votre fête;
Puissions-nous sur vos pas, grâce à vos leçons,
Des cieux faire aussi la conquête!

A un Grand-Papa, à une Grand'Maman.

Cher bon papa, bonne maman,
Avec le nouvel an
Augmente ma tendresse:
Soutiens de ma jeunesse,
Tous les vœux de mon cœur
Sont pour votre bonheur.
Ah! puisse ma prière
Prolonger la carrière
Qu'honorent vos vertus!
Par mes soins assidus,
Par mon obéissance,
J'espère, chaque jour,
Vous prouver mon amour
Et ma reconnaissance.

A un Ecclésiastique.

O vous, mon guide sur la terre,
Vous qui me comblez de bienfaits!
Comment peindre l'amour sincère
Que vous m'inspirez à jamais!
Mes vœux et ma reconnaissance
Me semblent de faibles tributs
Pour célébrer votre naissance
Et vos talents et vos vertus.

A une Mère.

Enfin, ma petite maman,
Je puis de mon amour sincère
T'offrir au jour de l'an,
L'assurance non éphémère :
D'abord, j'ai consulté mon cœur,
Pesé tes soins, ton indulgence,
Et j'ai compris avec bonheur
Qu'un cœur d'enfant est un trésor immense.

A une Grand'Maman.

Grand'maman, à tous mes souhaits
Daigne sourire,
Ne pouvant compter tes bienfaits,
Je viens te dire :

« Objet de tes soins incessants,
De ta tendresse,
J'espère prolonger tes ans,
T'aimer sans cesse !
Oui, deux fois je puis te donner
Le nom de mère ;
Et sans peine, on peut deviner
Si tu m'es chère.

Même Sujet.

Que puis-je offrir le premier jour de l'an
A ma bonne maman?
Des vœux pour que long-temps heureuse sur la terre
Elle se voit l'objet de mon amour sincère.
Puisse du ciel l'azur
Servir de doux emblême
A mon cœur jeune et pur !
Autant les cieux sont beaux, autant, maman, je t'aime !

Un Enfant à son Papa et à sa Maman.

Pour tout trésor, au jour de l'an,
Je n'ai qu'un cœur : J'en fais hommage
A vous seuls, ô papa, maman !
Je voudrais bien donner davantage :
Comme votre amour, vos bontés,
Mon trésor est inépuisable.
Si tous mes vœux sont écoutés,
Plus tard, je deviendrai solvable.

A un Oncle ou à une Tante.

Dans ce premier jour de l'année,
Je voudrais pour votre bonheur,
Me plonger dans la destinée
Et rendre plus brûlants tous les vœux de mon cœur.
Oh ! si l'Éternel que j'implore
Sourit à mes pieux accents,
Vous recevrez long-temps encore
Avec les dons du ciel mes modestes présents.

A un Oncle.

Amour, respect et reconnaissance,
Voilà le tribut de l'enfance.
Mon oncle je viens vous offrir
Tout ce que je possède au monde :
Mon tribut, j'espère grossir,
Si le ciel, un jour me seconde.
En attendant, grâce à mes vœux,
Vivez long-temps, vivez heureux !

A une Religieuse.

O vous, qui, loin du monde
Ne connaissez que de pieux travaux ;
De votre paix profonde,.....
Pardon !... Je crains de troubler les échos.

De l'ardente prière
Vous possédez les dons si précieux,
Et votre vie entière
Est une page ouverte pour les cieux.

Les saints y peuvent lire
Et vos bienfaits et vos rares vertus;
Les anges peuvent dire
Que vous serez au nombre des élus.

L'éclat que le ciel donne
Du monde efface en vous l'éclat trompeur;
Comme votre patronne,
Vous brillerez dans le céleste chœur.

A un Ecclésiastique.

Célébrer vos vertus, en ce jour mémorable,
Est un devoir pour moi, non moins cher qu'agréable.
Mais où puiser, hélas! des accords, des accents,
Pour vous peindre avec art mes pieux sentiments?
Connaissant ma faiblesse et mon insuffisance,
Je ne puis vous offrir que ma reconnaissance.
Près de vous, j'ai trouvé la plus sainte ferveur.
Pour suivre le chemin qui conduit au Seigneur.
Vos leçons, vos avis purifiant mon âme,
L'inondent ici-bas d'une céleste flamme.
Dans l'élan de mon cœur je crois toucher aux cieux;
Je crois mêler ma voix aux chants des bienheureux.
Dieu seul peut acquitter mon éternelle dette,
En exauçant les vœux qu'inspire votre fête.
Tous les cœurs sont d'accord pour honorer le nom
Qui rappelle en ce jour un glorieux patron.

A une Mère.

Bonne et chère maman,
Je viens, au jour de l'an,
T'exprimer ma reconnaissance,
Pour tes soins et pour ton amour,
Qui, depuis ma naissance,
Ne font qu'augmenter chaque jour.
Par mon respect, par ma tendresse,
Je chercherai sans cesse
A doubler ton bonheur :
Mille vœux partant de mon cœur
Rendront le ciel propice
A celle qui fut ma nourrice.

A M. Laurençot, instituteur.

Dieu, dans sa providence,
En réglant les saisons,
Sait donner à l'enfance
d'excellentes leçons.
Pour notre nourriture,
Il prodigue les fruits;
Les dons de la nature,
Pour nous seuls sont produits,
Que d'actions de grâce
Nous devons au Seigneur!
Jamais il ne se lasse,
Il fait notre bonheur.
Un bon maître, de même,

Vient à notre secours;
Pour nous, sa voix suprême
S'épuise tous les jours.
Elle allume en notre âme,
L'amour le plus sacré;
Par cette ardente flamme,
Quel cœur n'est épuré?
Sur votre destinée,
Puisse le ciel verser
Ses trésors, cette année,
Et ne jamais cesser!

Un Orphelin à son Parrain.

Sur votre paisible existence,
Le ciel répandant ses bienfaits,
Prouve que la voix de l'enfance
Prononce de pieux souhaits.
Alors qu'au souverain arbître
Je demande votre bonheur,
Devant lui, j'ai le double titre
De l'innocence et du malheur.
Hélas, de mes jeunes années,
En perdant le meilleur soutien,
Des leçons me furent données,
Des leçons dignes d'un chrétien.
De la mort la pâle victime
Me confiant à votre amour,
Connaissait votre âme sublime
Que j'aime à bénir en ce jour.
Vous qui m'avez servi de père,
Vous, mon ange consolateur,
Puisse le ciel, puisse la terre
Souscrire aux doux vœux de mon cœur!

A un Père & à une Mère.

Pour fêter le plus beau des jours
Est-il donc besoin d'éloquence?
Phébus est d'un faible secours,
Sans la douce reconnaissance.
Chers parents, mes meilleurs amis.
Dans mon cœur que ne peut-on lire?
Chacun y verrait réunis
Tous les vœux que l'amour inspire.

PREMIÈRE COMMUNION.

Du Saint des Saints je suis l'enfant;
Je vais goûter le pain de vie :
Ah! que mon cœur est triomphant!
Ah! combien mon âme est ravie!
Oui, jusqu'au dernier de mes jours
Je veux conserver l'innocence;
Jésus, mes célestes amours,
Plus de coupable indifférence
Pour franchir la porte des cieux,
De loin, j'ose suivre les traces
Du pasteur, dont l'accent pieux
Sur moi fait pleuvoir tant de grâces.

NOTE SUR LES FABLES OFFERTES A L'ENFANCE.

Page 43, vers 17. *La résistance*
Allant
Toujours, toujours en augmentant.

Page 46, vers 13. — *Tel* que les insensés.

Page 92. — *L'Enfant du Fouet.*
Vers 15. Avec les grands surtout faut de l'invention.
Page 97. — *L'Aumône*, après le vers 10.
Tes pas sont bondissants, tout sourit à ta voix ;

Page 108. vers 13. Et *bien* plus promptement jeux et ris [s'envolèrent.

Page 144. Dès que le jour fuyait devant la *nuit* obscure.

Page 154. *La Belette et les Rats.*
Vers 11. De loin s'écrie à haute voix.

Page 194. Ce n'est pas dit-on à mon âge
Qu'on sait tourner un compliment.

Page 200. — *A la même.*
Il brille ce beau jour,
Où la tendre innocence

Page 208. L'humanité pâle et souffrante.

www.ingramcontent.com/pod-product-compliance
Lightning Source LLC
LaVergne TN
LVHW021637170726
843501LV00007B/2261
9782329655420